Tertiaire séculier

Exercices pour le mois du Sacré Coeur de Jésus

Antigonos

Exercices pour le mois du Sacré Coeur de Jésus

Réimpression inchangée de l'édition originale de 1872.

1ère édition 2024 | ISBN: 978-3-38817-371-9

Antigonos Verlag est une marque de Outlook Verlagsgesellschaft mbH.

Verlag (Éditeur): Outlook Verlag GmbH, Zeilweg 44, 60439 Frankfurt, Deutschland, info@outlook-verlag.de
Vertretungsberechtigt (Représentant autorisé): E. Roepke, Zeilweg 44, 60439 Frankfurt, Deutschland
Druck (Imprimerie): Libri Plureos GmbH, Friedensallee 273, 22763 Hamburg, Deutschland

EXERCICES

POUR LE

MOIS DU SACRÉ CŒUR

DE

JÉSUS.

De plenitudine ejus omnes nos accepimus.
Nous avons tous reçu de sa plénitude. Joan, I, 16.

A. M. D. G.

QUÉBEC:
IMPRIMÉ PAR A. COTÉ ET Cⁱᵉ
—
1872

EXERCICES

POUR LE

MOIS DU SACRÉ CŒUR

DE

JESUS

De plenitudine ejus omnes nos accepimus.
Nous avons tous reçu de sa plénitude. Joan, I, 16.

A. M. D. G.

QUÉBEC:
IMPRIMÉ PAR A. COTÉ ET Cie

1872

PRATIQUE DU MOIS DU SACRE CŒUR.

Cet exercice de dévotion au Sacré Cœur de Jésus, établi sur le modèle du *Mois de Marie*, a pour fin principale d'honorer les TRENTE-TROIS années que Jésus-Christ a passées sur la terre

Ce mois commence le premier de juin.

IMPRIMATUR.

† E. A ARCHPUS QUEBECEN.

HOMMAGE AU DIVIN CŒUR DE JÉSUS.

DIVIN Cœur de Jésus, je vous offre ce petit livre par l'entremise du Cœur immaculé de Marie, et en union à toutes les intentions auxquelles vous vous immolez sans cesse vous-même sur nos autels. Puisse-t-il contribuer à faire augmenter chaque jour le nombre des soldats qui s'enrôlent dans la sainte ligue de votre cœur pour procurer le salut des âmes, le triomphe de l'Église et du Saint-Siège, et enfin le rétablissement de l'ordre social dans le monde ! Ainsi soit-il.

UN TERTIAIRE SÉCULIER.

Québec, Pentecôte 1872.

Dévote offrande au Sacré Cœur de Jésus.

(Il faut la réciter devant son image.)

Moi, N. N., pour vous témoigner ma reconnaissance, et pour réparer mes infidélités, je vous donne mon cœur, et me consacre entièrement à vous, mon aimable Jésus, et, moyennant votre secours, je me propose de ne plus pécher.

(100 jours d'ind. par jour, une indulgence plénière une fois le mois.)

ACTE DE RÉPARATION.

O Dieu trois fois saint, je vous adore, je vous aime, je vous bénis par le cœur sacré de Jésus au très-Saint-Sacrement de l'autel, et je vous offre, par les mains bénies de la Vierge Immaculée, toutes les Saintes Hosties qui sont sur nos autels et dans nos tabernacles, en sacrifice d'expiation, de réparation et d'amende honorable pour tous les sacriléges, les profanations, les iniquités, les blasphèmes et les crimes qui vous outragent par tout l'univers. Amen.

COMMUNION SPIRITUELLE.

Mon Seigneur Jésus-Christ au Saint-Sacrement, je crois en vous, j'espère en vous, je vous aime, je me repens, je vous désire, venez dans mon cœur que je vous donne.

PRIÈRE DE S. IGNACE

ou

CONSÉCRATION DE SOI-MÊME A JÉSUS CHRIST.

RECEVEZ, Seigneur, ma liberté sans restriction ; acceptez ma mémoire, mon entendement, ma volonté ; je n'ai rien, je ne possède rien qui ne soit un don de votre libéralité ; je vous remets le tout, afin que vous en disposiez comme il vous plaira ; l'unique chose que je vous supplie de m'accorder avec votre grâce, c'est un véritable amour pour vous. Si je l'ai, je suis assez riche, et je ne demande rien de plus.

PRIÈRE AU SACRÉ CŒUR.

SOUVENEZ-VOUS, ô très-doux Jésus, qu'on n'a jamais entendu dire qu'aucun de ceux qui ont eu recours à votre Sacré Cœur, imploré son assistance ou réclamé sa miséricorde ait été abandonné ! Rempli et animé de la même confiance, ô Cœur roi des cœurs ! je viens, je cours à vous, et, gémissant sous le poids de mes péchés, je me prosterne devant vous : ô Cœur Sacré, ne méprisez pas mes faibles prières, mais écoutez-les favorablement et daignez les exaucer.

CONSIDÉRATIONS POUR TOUS LES JOURS DU MOIS DU S. C.

1er JOUR.

Le Cœur Sacré de Jésus, percé par une lance sur la Croix, fut dès lors ouvert à tous les Chrétiens comme un asile inviolable. Mais il était donné au 17e siècle de voir le Sacré Cœur de Jésus, honoré d'un culte spécial. Dieu se servit, pour établir cette dévotion, d'une sainte religieuse nommée Marguerite-Marie. Jésus-Christ lui apparut un jour, et lui dit : "Mon cœur a tant aimé les hommes qu'il n'a rien épargné, jusqu'à s'épuiser pour leur témoigner son amour ; et, pour reconnaissance, je ne reçois de la plupart que des ingratitudes, par les mépris, les irrévérences, les sacrilèges dans le sacrement de mon amour. C'est pour cela que je te demande que le premier vendredi, après l'octave du Saint-Sacrement, soit dédié à une fête particulière pour honorer mon cœur, en lui faisant réparation et amende honorable "

Pratique.—Engager les fidèles à célébrer la fête du Sacré Cœur de Jésus

Oraison Jaculatoire.—Cœur de Jésus, attirez-nous après vous, nous courons à l'odeur de vos parfums.

2e JOUR.

En commençant ce mois, il convient de nous rappeler les promesses que Jésus-Christ a faites à ceux qui embrasseront la dévotion au Sacré Cœur. Ce divin Sauveur fit entendre à la bienheureuse Marguerite-Marie que c'était par un dernier effort de son amour envers les hommes qu'il avait résolu de leur découvrir les trésors de son cœur, en lui inspirant cette dévotion, qui doit faire naître *l'amour de Jésus-Christ dans le cœur des plus insensibles, et embraser celui des moins fervents.* Publiez partout, inspirez, lui dit Jésus-Christ, recommandez cette dévotion aux gens du monde, comme un moyen sûr et facile pour obtenir de moi un véritable amour de Dieu... à tous les fidèles, comme une dévotion des plus solides et des plus propres à faire obtenir la victoire sur les plus fortes passions, à remettre l'union et la paix dans les familles les plus divisées, et à faire triompher des imperfections les plus invétérées.

Pratique.—Parler quelquefois du Sacré Cœur de Jésus.

Oraison Jaculatoire. - Votre amour seul, ô Cœur de Jésus, et je suis assez riche. (Saint Ignace.)

3ᵉ JOUR.

La dévotion au Sacré Cœur a pour *objet* le cœur adorable de Jésus-Christ *embrasé d'amour* pour les hommes, et outragé par l'ingratitude de ces mêmes hommes. Il est aisé de voir que cette dévotion ne consiste pas à aimer seulement et à honorer d'un culte singulier ce cœur de chair, semblable au nôtre, qui fait partie du corps auguste de Jésus-Christ. L'objet et le motif de cette dévotion, c'est l'amour immense de Jésus-Christ pour les hommes. J.-C. nous a offert son cœur comme l'objet le plus capable de nous rappeler cet amour qui l'a porté à s'immoler pour nous et à demeurer avec nous dans l'adorable Eucharistie. La *fin* de ce culte rendu à ce divin cœur est : 1° de reconnaître et d'adorer par un retour d'amour, par un dévouement sans bornes, l'amour infini du cœur de Jésus pour les hommes : 2° de réparer par toutes les voies possibles les indignités et les outrages auxquels son amour l'a exposé durant sa vie mortelle, et l'expose encore dans l'Eucharistie.

Pratique —L'offrande de nos actions à Dieu chaque jour n'est pas seulement une pieuse pratique, mais un véritable devoir, puisqu'il ne nous a donné l'existence que pour le servir ; soyez-y donc fidèle.

Oraison Jaculatoire.—Aimé soit partout le Sacré Cœur de Jésus. (**100 j.** d'ind.)

4° JOUR.

La dévotion au cœur de Jésus est différente de celle que l'on rend à son corps dans l'Eucharistie : l'une a pour objet le cœur seul de Jésus-Christ ; l'autre a pour objet le corps entier de notre divin Sauveur, sous les espèces sacramentelles, sans aucun rapport spécial à son cœur. Dans la dévotion au Saint-Sacrement, le motif est d'honorer la chair sacrée de Jésus-Christ unie avec le Verbe. Dans la dévotion au Sacré Cœur, le motif essentiel est d'honorer son cœur uni à la divinité, et surtout de reconnaître cet amour dont il est embrasé pour les hommes, et de lui faire amende honorable de ce qu'il a souffert dans le sacrement de son amour, l'invention la plus merveilleuse qui soit sortie de son cœur divin.

Pratique.—Dans toutes ses communions et ses visites au Saint-Sacrement se proposer d'honorer le cœur de Jésus et de lui faire amende honorable pour les crimes des hommes.

Oraison Jaculatoire.—Cœur de Jésus-Christ, vivifiez-moi.

5e JOUR.

Le Cœur de Jésus est rempli de toutes les richesses de la grâce et de la gloire. Ses mouvements sont si généreux, ses inclinations si nobles, ses qualites si admirables, qu'il n'y a rien dans tous les cœurs qui en puisse approcher. Il ne s'en trouvera aucun qui nous ait tant aimés, ou qui ait ressenti nos misères avec tant de tendresse, qui ait conçu des desseins si grands pour nous, ou enfin qui ait eu tant de joie de notre bien. Oh ! quand les cœurs de tous les hommes se fermeraient pour vous, ne vous troublez pas, dit un pieux auteur ; le cœur de Jésus vous sera toujours fidèle et toujours ouvert.

Pratique.—En vous préparant à la confession, suppliez Jésus qu'il veuille bien recevoir votre cœur dans le sien, pour vous faire quelque part de la douleur amère qu'il ressentit de vos péchés dans son agonie.

Oraison Jaculatoire—Qui nous séparera de votre amour, ô cœur de Jésus !

6ᵉ JOUR.

Le Cœur de Jésus est *saint* de la sainteté de Dieu même ; d'où vient que tous les mouvements de ce cœur, tous ses soupirs, tous ses désirs, toutes ses affections, toutes ses demandes, toutes ses actions, suivant la dignité de la personne qui les opère, sont des actions infinies en leur prix et en leur valeur. Il est donc juste qu'il soit honoré d'un culte singulier, puisqu'en l'honorant, nous honorons sa divine personne (Nouët). Si la vénération que nous avons pour les saints nous rend leur cœur si précieux, que devons-nous donc penser de l'adorable cœur de Jésus-Christ, puisque c'est dans ce cœur divin qu'ont été formés tous les desseins de notre salut, et que c'est par l'amour dont brûle ce même cœur qu'ils ont été exécutés.

Pratique.—Imitez sainte Claire, et ne laissez passer aucun jour sans honorer le cœur de Jésus.

Oraison Jaculatoire.—Cœur de Jésus, tournez vers vous toutes les affections de mon cœur !

7e JOUR.

Le Cœur de Jésus est le roi de tous les cœurs par sa grandeur, par son pouvoir, par son mérite. Il est aussi le plus digne de commander l'amour à nos cœurs, parce qu'il est le plus obligeant, le plus aimable et aussi le plus aimant. C'est par amour qu'il a voulu être blessé pour guérir tous les autres cœurs, et leur faire un bain de son sang précieux. Sa plaie est sa couronne ; le droit qu'il a sur nous ne peut donc être plus légitime, et nous ne pouvons lui refuser obéissance sans injustice puisque nous lui devons tout, ni sans folie puisqu'il ne commande rien qui ne soit pour notre bien (Nouët). O Jésus ! fermez mon cœur à tous les objets de la terre, pour en diriger toutes les affections vers le vôtre......

Pratique.—Le Cœur de Jésus, dit la vénérable M. Marie, a un désir infini d'être connu et aimé ; il veut qu'on s'adresse à lui avec une *grande confiance,* et il n'y a pas de moyen plus efficace d'obtenir ce qu'on lui demande, que de le faire par l'entremise du Saint Sacrifice de la Messe.

Oraison Jaculatoire.—Jésus, doux et humble de cœur, faites mon cœur semblable au vôtre ! (300 j. d'ind.)

8e JOUR.

Le cœur de Jésus est l'*autel* sur lequel il a offert le sacrifice du monde le plus agréable au Créateur. C'est sur ce même autel que nous devons mettre tous nos vœux et offrir tous nos cœurs, parce que c'est de là qu'il les reçoit et qu'il les écoute. Tout l'honneur que les créatures lui ont jamais rendu, toutes leurs louanges, leurs sacrifices, leurs adorations et leur amour sont des effets qui en dépendent ; ces effets ne sont rien en comparaison de l'honneur qu'il rend tout seul à la souveraine grandeur de Dieu, vû qu'il n'y a que lui seul qui l'aime et le respecte autant qu'il le mérite (Nouët). Ce que nous pouvons donc faire de plus agréable à Dieu, c'est de lui offrir les hommages et les adorations du cœur de son divin fils.

Pratique.—Offrez à Dieu chaque jour vos prières par le cœur de Jésus, c'est le moyen de les rendre aussi méritoires qu'efficaces.

Oraison Jaculatoire.—Cœur de Jésus, force des faibles, revêtez-moi de votre force !

9e JOUR.

C'est dans le cœur de Jésus que l'Eglise a pris naissance, par conséquent, les fidèles doivent l'aimer comme le lieu de leur véritable origine, et n'en sortir jamais. Jésus étant endormi du sommeil de la mort, l'Eglise fut tirée de son cœur ; il voulut que son cœur fût ouvert pour lui donner sujet de se glorifier d'être sorti du côté de son Sauveur. Le cœur de Jésus est le cœur de l'Eglise ; il veille pendant qu'elle dort. L'Ecriture sainte dit que les premiers chrétiens n'avaient qu'un cœur et qu'une âme ; c'était le cœur de Jésus qui vivait en eux, et qui leur inspirait à tous l'amour des choses célestes. (Nouët.)

Pratique.—C'est faire une chose très-agréable au divin cœur de Jésus, que de renouveler, au moment du réveil, les promesses de votre baptême.

Oraison Jaculatoire. Si quelqu'un ne vous aime pas, ô cœur de Jésus ! qu'il soit anathème !

10ᵉ JOUR.

Aux qualités les plus éclatantes, aux titres les plus magnifiques, le cœur de Jésus joint une tendresse qui va pour nous jusqu'à l'excès : Mes délices, dit-il, sont d'être avec les enfants des hommes. Sa douceur est si aimable qu'elle a charmé ses plus mortels ennemis. Tantôt il se compare à un père qui ne peut contenir sa joie ni retenir ses larmes au retour d'un fils débauché ; tantôt à un pasteur poursuivant une brebis égarée. Amène-t-on à ses pieds une femme adultère, il refuse de la condamner et couvre de honte ses accusateurs. Il s'asseoit à la table des publicains et des pécheurs, pour les ramener à lui,......

Pratique.—Dans tous ses doutes, dans tous ses ennuis, s'adresser au cœur de Jésus comme un enfant à son père, un ami à son ami, et le prier de nous éclairer et de nous aider.

Oraison Jaculatoire.—J'ai trouvé le cœur de mon roi, de mon père, de mon ami Jésus : que puis-je désirer au ciel et chercher sur la terre ?

11ᵉ JOUR.

Je n'étais pas encore que déjà le cœur de Jésus ne respirait que pour moi, ne soupirait qu'après mon salut, n'aspirait qu'à se donner à moi, ne pensait qu'à moi, ne veillait que pour moi, ne s'inquiétait que de moi. Ce cœur est si amoureux du mien qu'il ne fait pas difficulté de venir frapper à sa porte et de lui en demander l'entrée. Les saints en sont dans le ravissement, et ils auraient sujet de s'en étonner si tous les cœurs étaient faits comme les nôtres. Mais c'est que Dieu a mis tant de mérites dans le cœur de son fils qu'il chérit même les nôtres en sa considération.

Non, Seigneur, je ne m'étonne plus si vous voulez être appelé le Dieu de mon cœur, si vous êtes jaloux de son amour, mais je m'étonne qu'il vous rebute, qu'il puisse hésiter à se donner à vous (Nouët).

Pratique.—Adressez-vous souvent aux Saints Anges chargés d'adorer le cœur de Jésus, et priez-les de suppléer par leur amour à votre froideur.

Oraison Jaculatoire.—Aimé soit partout le Sacré Cœur de Jésus. (100 j. d'ind.)

12ᵉ JOUR.

Notre Seigneur me fit connaître, dit la Vén. M. Marie, que le grand désir qu'il avait d'être aimé des hommes lui avait fait prendre le dessein de leur manifester son cœur, et de le leur donner dans ces derniers temps, comme le dernier effort de son amour. Qu'en cela il leur ouvrirait tous les trésors d'amour, de grâce, de miséricorde, de sanctification et de salut que ce cœur contient, afin que tous ceux qui voudraient lui rendre et lui procurer tout l'amour et l'honneur qu'il leur serait possible, fussent enrichis avec profusion des trésors dont ce cœur divin est la source, source féconde et inépuisable. (Vie de la Vén. M. Marie.)

Pratique.—Ne vous laissez jamais aller au découragement, quelque grandes que soient vos fautes ; mais songez que vous avez à votre disposition, pour les réparer, tous les mérites du cœur de Jésus.

Oraison Jaculatoire.—Cœur de Jésus, vous serez mon espérance dans le trouble et mon ombrage contre les ardeurs de mes passions !

13ᵉ JOUR.

Le Sacré Cœur de Jésus, dit un grand serviteur de Dieu, est le siége de toutes les vertus, la source des bénédictions, la retraite de toutes les âmes saintes : ce cœur adorable est toujours brûlant d'amour pour les hommes, toujours touché de nos maux, toujours disposé à nous recevoir et à nous servir d'asile dès cette vie. Venez-y donc, vous surtout qui êtes chargés de croix, de tentations, de misères ; le Sacré Cœur vous invite, il vous attend, il vous presse, il désire vous soulager...

Pratique.—La reconnaissance est un des caractères distinctifs de la dévotion au Sacré Cœur de Jésus ; rappelez-vous chaque jour tous les bienfaits que vous en avez reçus.

Oraison Jaculatoire.—Tenez-moi uni à vous, ô cœur de Jésus !

14° JOUR.

Ce n'est pas le fer de la lance qui blessa le premier le cœur de Jésus; l'amour le plus ardent pour les hommes l'avait tout d'abord blessé. Ce fut la première et la plus grande de ses plaies, qu'il ne put dissimuler lui-même: " vous avez blessé mon cœur, ma sœur, mon épouse, vous avez blessé mon cœur "....... (Cant. c. 4. v. q.)

Pratique.—Prenez la résolution de faire, autant que possible, tous les premiers vendredis du mois, une communion que vous offrirez au cœur de Jésus, en réparation de toutes les négligences qui se seraient glissées dans celles que vous aurez faites dans l'intervalle, ou précédemment.

15ᵉ JOUR.

Toutes les plaies de notre Sauveur sont autant de portes de salut ouvertes à tout le monde; mais celle du cœur est la plus large.

Toutes ses plaies sont autant de ruisseaux de pourpre dans lesquels nous pouvons plonger les puissances de notre âme pour donner du prix à toutes nos pensées, à toutes nos paroles et à toutes nos actions; mais celle du cœur leur fait prendre une plus belle couleur, un éclat plus vif, une teinte plus précieuse.....

Pratique.—N. S., parmi les différents exercices qu'il prescrivit à la Vén. M. Marie pour honorer son cœur, lui enseigna celui qui est connu sous le nom d'*heure sainte*. Il consiste à faire une heure d'oraison les nuits du jeudi au vendredi, et à s'unir aux douleurs du cœur de Jésus dans son agonie au jardin des Oliviers. Si l'âge, la santé ne vous le permettent pas, vous ne pourrez au moins vous excuser d'en former le désir....priez votre bon ange de tenir votre place auprès du cœur de Jésus.

16ᵉ JOUR.

Ecoutons S. Bernard nous parler de la plaie du cœur de Jésus : "Ce cœur adorable, dit-il, a été percé, afin que par cette plaie visible nous connaissions la plaie invisible que l'amour y a faite. Ah ! comment Jésus pouvait-il nous marquer plus efficacement son amour qu'en voulant que non-seulement son corps fut meurtri de coups, mais encore que son cœur fut transpercé pour nous."—" O aimable plaie ! s'écrie S. Bonaventure, c'est par vous que je suis entré jusque dans les entrailles les plus intimes de la charité de Jésus-Christ. Là je fais ma demeure, là je trouve une si grande consolation que je ne puis l'exprimer ! "

Pratique.—Consacrez un jour toutes les semaines, à honorer le cœur de Jésus d'une manière plus spéciale.

Oraison Jaculatoire.—O cœur de Jésus ! que j'ai tardé à vous aimer !

17ᵉ JOUR.

Quatre flammes très-ardentes brûlent continuellement dans le cœur de Jésus. La première est le désir qu'il témoigna à ses apôtres, le jour de la Cène, lorsqu'il leur dit ces paroles : J'ai un désir extrême de manger cette Pâque avec vous avant de souffrir. La seconde, c'est un grand désir qu'il eût de souffrir et de mourir pour nous ; et ce désir n'était que l'effet d'un troisième, encore plus pressant: il avait soif du salut des âmes ; *Sitio*, dit-il, j'ai soif.

Mais le quatrième, et le plus grand de tous, était de glorifier son père, et de faire régner son amour dans le cœur des hommes.

Pratique.—Aidez Jésus-Christ à satisfaire la soif ardente du salut des âmes qui le dévore. Hélas ! elles se perdent par milliers, tandis que vous avez à votre disposition toutes sortes de biens spirituels. Priez donc pour ces pauvres âmes qui se perdent.

Oraison Jaculatoire —O amour du cœur de Jésus, allumez-vous dans mon cœur !

18ᵉ JOUR.

Le cœur de Jésus s'est donné tout entier à vous. Que demande-t-il en retour ? une seule chose : votre cœur : cœur pour cœur ! C'est vraiment une chose digne d'admiration que le cœur de Jésus, la source de tous les biens, ne cesse de poursuivre le cœur de l'homme et de le lui demander sans cesse. Mon fils, donnez-moi votre cœur.... Convertissez-vous à moi de tout votre cœur......

Pratique.—Fixez chaque mois un jour uniquement destiné à réparer les forces de votre âme dans la retraite. Je conduirai l'âme dans la solitude, et là je lui parlerai au cœur. (Os. 2. 14.)

Oraison Jaculatoire.—Cœur agonissant de Jésus, ayez pitié des mourants ! (100. j d'ind.)

19ᵉ JOUR.

"Venez tous à moi." (Matth. c. 11, v. 28). Que ces paroles sont belles, dit saint Basile ! Venez tous à moi, je ne mets point de bornes à mes promesses : mon cœur est une source inépuisable de bonté qui peut effacer tous les crimes. Venez tous à moi, et je vous soulagerai. A vous les crimes, à moi le remède ; à vous les plaies, à moi la guérison. Venez tous à moi, mon cœur est assez grand pour tous......

Pratique.—Un moyen efficace de consoler le cœur de N. S. J.-C., et qui est à la portée de tous, c'est de travailler à délivrer les âmes du purgatoire.

Oraison Jaculatoire.—Cœur de Jésus, miséricorde ! (50 j. d'ind.)

20ᵉ JOUR.

Approchez-vous du cœur de Jésus en esprit de pénitence, pour pleurer vos péchés et en obtenir le pardon, l'adorant comme l'apôtre S. Thomas, avec un profond respect ; lui disant d'un cœur contrit et humilié : *Mon Seigneur et mon Dieu,* mon unique espérance, souffrez que je cherche le remède à mes plaies dans les plaies de votre cœur. O cœur blessé d'amour et de douleur, qui avez conçu tant de regret de tous les péchés du monde, n'est-il pas juste que je regrette les miens et que je vous aime de toute mon âme !

Pratique.—Vous avez entendu mille fois la maxime de notre divin Sauveur : Apprenez de moi que je suis doux et humble de cœur. Demandez-lui qu'il vous donne l'intelligence de cette maxime. La douceur et l'humilité, voilà les deux vertus qu'il tirera pour nous des trésors de son cœur.

Oraison Jaculatoire.—O amour du cœur de Jésus, qui n'êtᵣ point aimé, faites-vous donc connaître et ᵣimer !

21ᵉ JOUR.

" Il n'y a personne si pauvre qui n'ait quelque lieu où il puisse faire sa demeure. Les oiseaux mêmes ont leur nid et les renards leurs tanières, comme dit Notre-Seigneur. Il ne faut pas qu'un chrétien soit seul sans domicile, errant et vagabond dans le monde. Mais où pourrait-il mieux se fixer que dans le cœur de Jésus, qui est plus auguste, plus magnifique, plus admirable que tous les palais des rois de la terre ? Les saints le savaient bien ; aussi y établissaient-ils leur demeure. S. Bonaventure portait une sainte envie au fer de la lance qui nous a ouvert l'entrée de cet aimable cœur...... "

Pratique.-- Si vous ne pouvez aller prêcher Jésus-Christ dans les pays lointains, vous pouvez au moins le porter au cœur de vos amis; c'est là votre mission, et elle est belle et sainte.

Oraison Jaculatoire.—Aimé soit partout le Sacré Cœur de Jésus.

22e JOUR.

" Si le cœur de Jésus ne reçoit pas des blessures et des plaies, il endure des ingratitudes étranges en sa personne depuis qu'il a institué le sacrement de son amour. Peut-on rien imaginer de plus indigne que ce que le juif, l'hérétique, l'impie, lui font souffrir depuis tant de siècles, et lui feront souffrir jusqu'à la fin du monde ! " (Nouët). Que d'horribles attentats commis tous les jours contre l'adorable Eucharistie ! O Jésus ! si tendre, si généreux, si plein d'amour pour nous, pouvons-nous faire une plaie si profonde à votre divin cœur ?

Pratique.—Le Fils de Dieu, au dernier jour, dira à ses élus : « J'ai eu faim, et vous m'avez donné à manger ; j'étais nu, et vous m'avez vêtu......» Afin de vous rendre dignes de cette sentence favorable, efforcez-vous de faire quelques sacrifices pour l'ornementation des églises pauvres...... Là habite Jésus-Christ dans le sacrement de son amour ; là son cœur adorable est toujours ouvert pour consoler et bénir......

Oraison Jaculatoire.—Par votre cœur transpercé de douleur, ô Jésus ! daignez transpercer le mien du regret de ses ingratitudes !

23ᵉ JOUR.

Ecoutons les plaintes que daigne nous faire le cœur de Jésus ; elles sont une nouvelle preuve de son amour. Car il ne se plaint que parce qu'il aime, et il nous aime uniquement pour notre bonheur, sans aucune considération du sien propre, qui n'est ni diminué par notre perte ni augmenté par notre salut. Qu'ai-je dû faire pour vous, nous dit-il, ô peuple chrétien, ô mon peuple, que je n'aie pas fait ? Vous étiez une belle vigne que j'avais plantée moi-même, et vous n'avez eu pour moi qu'amertume ; car dans ma soif vous m'avez donné du vinaigre à boire.

Pratique.—C'est dans l'oraison que vous apprendrez jusqu'où a été l'excès de l'amour du cœur de Jésus pour vous et de quelle ingratitude vous l'avez payé. Prenez donc la sainte habitude de méditer un peu tous les jours.

Oraison Jaculatoire—Cœur de Jésus, miséricorde. (50 j. d'ind.)

24ᵉ JOUR.

Dieu nous distribue ses grâces par les mérites du sang de son Fils. Il nous met, par là même, dans l'occasion d'acquérir des trésors immenses pour l'éternité. Mais il faut avouer que nous faisons chaque jour, par notre négligence, des pertes inconcevables. La plupart de nos actions perdent leur valeur faute d'une droite intention.

Pratique.—Offrez vos bonnes œuvres et toutes vos actions au cœur de Jésus afin qu'elles soient purifiées en passant par ce cœur infiniment parfait.

Oraison Jaculatoire.—O cœur de Jésus, embrasez-moi de votre amour !

25ᵉ JOUR.

Partout où le cœur de Jésus a trouvé des adorateurs, l'image de ce cœur divin a été révérée. En effet, lorsque nous avons un bon ami éloigné de nous, son portrait nous est agréable, sa vue nous fait plaisir; elle excite dans nos cœurs les mêmes affections que produirait la présence de notre ami. De là les sentiments de dévotion que les images du Sacré Cœur de Jésus doivent faire naître dans les âmes qui sont touchées de son amour. Sainte Thérèse disait qu'elle aurait voulu en rencontrer dans tous les lieux où se portait sa vue.

Pratique.—Avoir toujours sur soi une médaille du Sacré Cœur de Jésus. Travailler, autant qu'on le pourra, à procurer à cet aimable cœur un sanctuaire qui lui soit dédié.

Oraison Jaculatoire.—Aimé soit partout le Sacré Cœur de Jésus ! (100 j. d'ind.)

26e JOUR.

Trois obstacles principaux nous arrêtent ordinairement dans le chemin de la vraie dévotion au cœur de Jésus : le premier, c'est la tiédeur. L'âme tiède ne fait que ce qu'elle ne peut omettre, et l'apôtre S. Jean dit que J.-C. la vomira de sa bouche. Le second obstacle est l'amour propre. Si quelqu'un veut venir après moi, qu'il se renonce soi-même, qu'il porte sa croix et qu'il me suive. Le troisième obstacle, c'est quelque passion favorite qu'on ménage, qu'on ne saurait sacrifier.

Pratique.—Si vous désirez obtenir une vraie dévotion au cœur de Jésus, il est important de vous assurer si vous n'avez pas à surmonter en vous quelqu'un des obstacles que l'on vient de signaler.

Oraison Jaculatoire.—O Dieu, créez en moi un cœur digne d'être uni au cœur de Jésus !

27e JOUR.

Si vous voulez marcher à grands pas dans la voie de la perfection, et attirer sur vous les bénédictions du cœur de Jésus, embrassez la mortification intérieure et la mortification extérieure : toutes deux sont nécessaires pour arriver à la gloire véritable ; l'une ne peut réellement pas subsister sans l'autre. Mais la plus nécessaire est sans contredit la mortification intérieure, dont personne ne peut se dispenser. C'est cette violence qu'il faut se faire sans cesse pour ravir le royaume des cieux.......

Pratique.—Joignez à l'examen général de votre conscience, l'examen particulier de chaque jour que vous ferez sur votre défaut dominant ou sur une vertu que vous cherchez à acquérir.

Oraison Jaculatoire.—Doux cœur de Marie, soyez mon salut. (**300 j.** d'ind.)

28ᵉ JOUR.

Le premier moyen d'obtenir un ardent amour pour Jésus Christ et une dévotion tendre à son Sacré Cœur, *c'est la prière.* Il y a sujet de s'étonner que les chrétiens ne soient pas, pour ainsi dire, tout puissants, puisqu'ils ont un moyen infaillible d'obtenir tout ce qu'ils désirent. Or, ce moyen ne consiste qu'à demander, et il n'est rien à quoi Jésus-Christ se soit si souvent et si solennellement engagé qu'à exaucer nos prières.

Pratique.—Vous ne pouvez rien faire de plus agréable au cœur de Jésus que de vous adresser à lui avec confiance dans tous vos besoins. Surtout, ne manquez pas de lui demander son amour.

Oraison Jaculatoire.—Doux cœur de Jésus, soyez mon amour. (**300 j.** d'ind.)

29ᵉ JOUR.

La dévotion envers le Sacré Cœur de Jésus est proprement un exercice d'amour. Or il suffit de savoir ce que c'est que de communier, pour concevoir qu'il n'est point de moyen plus sûr pour être bientôt embrasé d'amour pour Jésus-Christ, que de s'approcher souvent de ce divin sacrement. " Il n'est pas possible, dit le Sage, de porter du feu dans son sein et de n'en être pas brûlé. " Ce feu sacré, c'est l'adorable Eucharistie, qui, comme le dit S. Bernard, est l'amour des amours.

Allons donc souvent à cette source de tous les biens ; c'est là qu'unis et incorporés à Jésus-Christ, l'auteur même de la grâce, nous la verrons couler tous les jours sur nous avec de nouvelles profusions.

Pratique.—Tâchez de vous rendre digne de communier souvent ; de la préparation et de l'action de grâces dépend tout le fruit de cette grande action.

Oraison Jaculatoire.—Sang de Jésus-Christ, enivrez-moi !

30ᵉ JOUR.

La divine Eucharistie ne profite pas seulement à ceux qui la reçoivent. Pour recueillir quelques-uns des fruits de vie qui y sont attachés, il suffit de visiter Jésus-Christ dans cet adorable sacrement, de le désirer, d'y penser, de se tourner en esprit vers quelque église où il repose. C'était la pratique de S. Liguori et d'un grand nombre de Saints. Il n'est rien qui gagne plus sûrement le cœur de Jésus que ces fréquentes adorations et ces visites.

Pratique.—Prenez la ferme résolution de ne passer aucun jour sans visiter Jésus-Christ au Saint-Sacrement.

Oraison Jaculatoire.—Que rendrai-je au cœur de Jésus pour l'amour qu'il me porte au Saint Sacrement ?

31ᵉ JOUR.

Marie a tout pouvoir sur le cœur de Jésus, elle est la mère du parfait amour. Nous pouvons donc nous adresser à elle avec confiance pour demander à être embrasés de cet amour ineffable. Les sacrés cœurs de Jésus et de Marie sont trop conformes et trop unis pour que l'un ne nous conduise pas toujours à l'autre. Que de pécheurs Marie n'a-t-elle pas dirigés vers le cœur de Jésus, où ils ont reçu le pardon de leurs iniquités !

Pratique.—Unir à la dévotion au Sacré Cœur de Jésus la dévotion si belle au cœur immaculé de Marie.

Oraison Jaculatoire.—Doux cœur de Marie, soyez mon salut ! (300 j. d'ind.)

32ᵉ JOUR.

Pour être vraiment dévots au cœur de Jésus, nous devons l'être aussi envers le père
nourricier du Fils de Dieu. S. Joseph aima
Jésus, il le porta dans ses bras, il eut soin de
son enfance......Et Jésus aime son père; son
cœur adorable est plein de reconnaissance
pour lui, et il ne saurait rien lui refuser......
Nous ferons donc quelque chose de bien
agréable à notre divin Sauveur en nous
adressant souvent au grand saint Joseph,
à cet *homme juste* par excellence, qui est à la
fois notre protecteur et notre modèle.

Pratique. – Faire souvent, dans la journée,
des invocations, de cœur plutôt que de bouche,
au glorieux S. Joseph, si puissant sur le cœur
de Jésus.

Oraison Jaculatoire.—O cœur de Jésus, faites
que je vous aime, et faites que je vous imite !

33ᵉ JOUR.

On peut dire de la dévotion au Sacré Cœur
ce que dit S. Augustin de tout ce qui regarde
la gloire de Dieu : quand on manque de zèle,
on n'aime pas. On veut le bien de ceux que
l'on aime, on cherche à procurer la satisfac-
tion des cœurs auxquels on est uni d'affection.
Or, le cœur de Jésus ne désire rien tant que
de voir les cœurs des hommes venir de toutes
parts se ranger sous son joug si doux et si
léger. Donc, si nous aimons Jésus notre Sau-

veur, travaillons de toutes nos forces à donner à son cœur sacré le plus de dévots adorateurs qu'il nous sera possible. Pour cela prions, prions beaucoup ; et puis, ne manquons jamais de profiter de toutes les occasions qui se présenteront pour enchaîner de nouveaux captifs dans les filets d'amour du cœur de Jésus.

Pratique. —Employez une petite partie de vos économies à vous procurer des livrets, des images ou des médailles du Sacré Cœur, et tâchez de les répandre de tous côtés.

Oraison Jaculatoire.—O cœur de Jésus, que le zèle de votre gloire me dévore !